Het geheim van de gebroken ruit

PSSST! Ken jij deze GEHEIM-boeken al?

Het geheim van de verdwenen dieren
Het geheim van Anna's dagboek
Het geheim van de struikrovers
Het geheim onder het bed
Het geheim van de maffiamoeder
Het geheim van de ontvoering
Het geheim van Zwartoog
Het geheim van de verdwenen muntjes
Het geheim van de boomhut
Het geheim van het Kruitpaleis
Het geheim van het spookrijm
Het geheim van de roofridder
Het geheim van de riddertweeling
Het geheim van de snoepfabriek
Het geheim van het gat in de dijk
Het geheim van de nachtmerrie
Het geheim van de ruilkinderen
Het geheim van het boze oog
Het geheim van de dieventekens
Het geheim van de vleermuisjager
Het geheim van het zeehondenjong
Het geheim van de goochelaar
Het geheim van de smokkelbende
Het geheim van ons vuur

Winnaars van de GEHEIM-schrijfwedstrijd!
2003 Rindert Kromhout & Pleun Nijhof – *Het geheim van de raadselbriefjes*
2004 Selma Noort & Rosa Bosma – *Het geheim van het spookhuis*
2005 Hans Kuyper & Isa de Graaf – *Het geheim van kamer 13*
2006 Anneke Scholtens & Marie-Line Grauwels – *Het geheim van de circusdief*
2007 Anna Woltz & Roos van den Berg – *Het geheim van de stoere prinses*
2008 Mirjam Oldenhave & Justin Wink – *Het geheim van de maffiabaas*

Heb jij een spannend idee voor een boek? Doe mee op
www.geheimvan.nl of **www.leesleeuw.nl**

Haye van der Heyden

Het geheim van
de gebroken ruit

Met tekeningen van Saskia Halfmouw

LEOPOLD / AMSTERDAM

AVI 7

Eerste druk 2009

© 2009 tekst: Haye van der Heyden

© 2009 omslag en illustraties: Saskia Halfmouw

Omslagontwerp: Rob Galema

Uitgeverij Leopold bv, Amsterdam / www.leopold.nl

ISBN 978 90 258 5320 4 / NUR 282

Mixed Sources
Productgroep uit goed beheerde bossen
en andere gecontroleerde bronnen.
www.fsc.org Cert no. CU-COC-803902
© 1996 Forest Stewardship Council

Inhoud

Lila

Toen Sem naar buiten rende om te kijken of er op het pleintje gevoetbald werd, botste hij tegen een meisje aan. En flink hard ook.

'Au!, shit.'

Het meisje had ook pijn, maar ze zei niks. Ze wreef over haar schouder en keek hem nieuwsgierig aan.

'Sorry,' stamelde Sem. 'Het was mijn schuld.'

'Geeft niet,' zei ze.

Of eigenlijk zei ze het niet. Het was net of ze het zong. Heel vreemd.

'Ben je hier nieuw in de buurt?' vroeg hij.

'Ja,' zong ze, 'we wonen hier net een paar weken.'

Het viel even stil. Sem wist niet wat hij moest zeggen. Dat wist hij nooit bij meisjes. Bij jongens ging het altijd vanzelf, dan zei je gewoon wat of je zei gewoon niks, maar bij meisjes was dat anders. Die keken je ook altijd zo aan. Met van die ogen.

'Wat ga je doen?' vroeg ze.

'Voetballen. Als er iemand is. Op het pleintje.'

'O ja.' Ze knikte. 'En hoe heet je?'

'Sem,' zei Sem.

'Ik ben Lila,' zong het meisje. 'Ik woon bij mijn vader.' Ze keek hem nog even aan, knikte, lachte en liep door.

Hij keek haar na. Wat een raar meisje. Wie heet er nou Lila? Waren haar ouders ook gescheiden? Goh.

Appeltje

'Appel. Appeltje. Waar ga je naartoe? Hier blijven!' Sem schoot toe en was net op tijd. Hij tilde zijn poes op en drukte 'm tegen zich aan.

'Straks mag je in de tuin. Nu nog even bij me blijven. Ik ben zielig, weet je wel. Blijf maar even bij me.'

Appeltje vond het blijkbaar goed. Hij begon te spinnen en drukte zijn kopje een paar keer achter elkaar tegen Sems kin.

'Wat heb jij vandaag gedaan? Vertel eens.'

De zon scheen door de ruiten van de tuindeuren heen, waardoor die er opeens heel vuil uitzagen. Sem keek naar de miljoenen stofjes die door de kamer zweefden. Die waren er dus altijd. Gek idee. Die ademde je dan allemaal de hele dag in.

'Straks komt papa me halen. Dan mag je lekker spelen. Oké? Heb je nog een muis gevangen vandaag?'

Sem legde Appeltje op zijn rug op de bank en gaf 'm kleine tikjes. De poes klauwde speels terug met vlijmscherpe nagels.

'Au! Niet doen. Vuilak!'

Hij had lang moeten zeuren om Appeltje te krijgen. Eigenlijk had hij liever een hondje gehad, maar zijn moeder zei dat een hondje in de stad een beetje zielig was. Met een hond moest je een grote tuin hebben en een bos in de buurt. Dus had Sem een poes gekregen. Nou ja, ook best wel leuk. Lekker zacht in ieder geval.

'Ik word zo opgehaald. Papa en ik gaan ergens wat eten of zo. En dan mag jij niet mee.'

Sems vader en moeder waren net een halfjaar geleden gescheiden. In het begin had hij het heel eng gevonden – hij wist helemaal niet wat er dan allemaal zou gaan gebeuren – maar het was vreselijk meegevallen. Er was niet zo veel veranderd. Hij woonde in hetzelfde huis met dezelfde moeder en sprak zijn vader eigenlijk vaker dan voordat ze gescheiden waren.

Een scheiding had ook voordelen. Iedereen was de laatste tijd hartstikke aardig voor hem en hij kreeg van alles. Onder andere dus Appeltje, zijn poes.

Gestommel in de gang. Daar was zijn moeder.

'Hai.'

'Hallo mam. Boodschappen gedaan?'

'Nee hoor, ik loop voor de lol met een zware tas met spullen te sjouwen.'

'Leuk zeg. Ik lach me rot.'

'Ja jongen, zonder humor zijn we nergens. Je weet dat je vader je zo komt halen, hè?'

'Jahaa!'

'Wees aardig voor 'm. Maar niet zo aardig als tegen mij, natuurlijk.' Ze lachte en gaf hem een kus.

'Tuurlijk niet, mam.'

'Verschil moet er wezen.'

'Hmhm.'

De bel ging.

'Daar zal je 'm net hebben. Ga maar gauw. Neem je jas mee. En zeg dat je om acht uur thuis moet zijn. Ik wil dat je er om kwart voor negen in ligt vanavond.'

'Oké, ik zal het zeggen. Bye.' Sem gaf zijn moeder een kus en ging.

Wat dus wel heel stom was: zijn ouders zorgden ervoor dat ze elkaar nooit meer tegenkwamen, zelfs niet even bij de deur of zo. Jarenlang waren ze verliefd op elkaar geweest. Ze hadden elke nacht samen in hetzelfde bed gelegen. Nu konden ze niet eens meer tien seconden bij elkaar zijn! Echt idioot was dat.

Sem opende de voordeur. 'Hai pap.'

'Hallo jongen. Kom je? Ik sta dubbel geparkeerd.'

Uit eten

'Het valt me niet mee, jongen. Ik zeg het eerlijk. Het valt me niet mee. Ik bedoel, ik kom 's avonds thuis en dan is er niemand. Meestal eet ik in de stad. En als ik thuis eet dan zit ik met mijn kant-en-klaarbakje voor de televisie.'

'Vet!'

'Er is niks aan. Geloof me. Het is vreselijk.'

'Maar pap, je hebt die vriendin toch? Die met die rooie haren en die eh...?' Sem grijnsde.

Zijn vader zag het niet. Hij haalde zijn schouders op. 'Ach,' zei hij. 'Het stelt allemaal niet zo veel voor.'

Er werd weer eten gebracht. Dat wil zeggen, er kwam voor allebei een klein toastje met iets erop, een stukje vis met wat saus. Ze zaten in een chique restaurant. De tafel was keurig gedekt met een wit kleed en bij elk bord lag een zootje messen, lepels en vorken en er stonden twee glazen.

Het duurde alleen allemaal een beetje lang en ze kregen steeds van die heel kleine hapjes. We kunnen de volgende keer maar beter ergens een hamburger gaan eten of zo, dacht Sem.

'Weet je wat het is, jongen,' ging zijn vader verder. 'Het is allemaal wel leuk, zo'n rooie vriendin met van die eh... maar de lol is er gauw af. Geloof me.'

'Waarom kom je dan niet terug?'

'Zo makkelijk is dat niet. Ik denk niet dat je moeder het wil. En ik weet ook niet of ik dat zelf zou willen. Ik bedoel, ik wil niets liever dan bij jou zijn. Echt, niets liever, daar gaat het niet om. Maar je moeder en ik, dat lukt gewoon niet meer.'

'Waarom eigenlijk niet?'

Stilte. Zijn vader staarde hem aan. Toen keek hij naar zijn toastje, pakte het op en stopte het in zijn mond. Het hele toastje in één keer. Nu kon hij niet meer praten.

'Mag ik nog een cola?'

'Tuurlijk. Ober?'

'Maar dat is dan de laatste, pap, want ik mag eigenlijk maar één cola per dag.'

'Ja jongen, dit is de laatste. Dit is echt de laatste. Ober?'

Een kwartier later gaf zijn vader dan toch nog antwoord. Na een paar flinke slokken rode wijn. 'Eigenlijk begrijp ik het zelf ook niet, weet je dat? Ik bedoel, getrouwd zijn is hartstikke moeilijk, dat is gewoon zo. We hadden wel eens

ruzie en zo, dat is normaal, maar het ging wel!'

En hup, daar ging nog een half glas rode wijn naar binnen.

'Wat is er dan misgegaan?'

Zijn vader haalde zijn schouders op. 'Ik weet het niet. Ik leg het je nog wel eens uit.'

Sem staarde zijn vader aan. Hoe kan dat nou? Iets wat je niet weet kun je ook niet uitleggen. Nu niet en later ook niet. Nou ja, laat maar.

Na het hoofdgerecht was de wijnfles leeg en had zijn vader rode konen. Hij praatte hard. Sem schaamde zich een beetje.

'Misschien moeten we zo maar weer eens gaan, pap.'

'Wil je geen toetje? Ze hebben heerlijk ijs hier.'

'Hoeft niet. En ik moet op tijd thuis zijn.'

'Hoe laat dan?'

'Of zullen we ergens een softijsje eten? Dat vind ik eigenlijk lekkerder.'

'Oké dan, oké. Ik zal betalen.'

Tien minuten later liepen ze samen over straat. Het had een beetje geregend. De lichtjes van de stad glommen in het natte wegdek.

'Is het niet een idee, Sem, dat je ook een paar dagen in de week bij mij komt wonen?' Zijn vader stond stil en keek in de verte.

Waar keek ie nou naar? Er was daar niks bijzonders te zien. Alleen een tram.

Zou hij bij zijn vader willen wonen?

14

Lila is er altijd

Steeds als Sem de straat op ging, zag hij Lila. Of het nou ochtend was of middag. Gek eigenlijk. Zelfs als hij dacht: ik ga niet nu maar straks. Dan wachtte hij en ging later. Maar dan was ze er toch. Ze was er gewoon altijd. Dat kon toch geen toeval zijn?

'Hallo Sem,' klonk haar zingende stem achter hem.

'Hai.'

'Ga je weer voetballen?'

'Zou kunnen.'

'Volgens mij is er niemand op het pleintje. Zal ik even met je meelopen?'

Sem knikte. Wat kon hij anders? Je kon toch niet zeggen: 'Nee, rot op, ik wil niet met een meisje over straat lopen.'

Op het pleintje zaten een paar kleintjes in de zandbak te spelen. Een moeder zat erbij te kijken. Verder was er niemand.

'Ik hou niet van voetballen. Sorry.' Lila ging op het bankje zitten.

'Nee,' zei Sem. Hij bleef nog maar even staan. Dat leek hem beter.

Lila sloot haar ogen en richtte haar gezicht naar de zon. Net een vrouw, dacht hij, dat doen vrouwen ook altijd. Om bruin te worden.

Sem wist even niet wat hij moest doen. Gewoon weglo-

pen was wel een beetje lullig, maar wat moest hij anders?

'Mijn moeder is zielig,' zei Lila opeens en ze opende haar ogen weer. 'Want ze doet heel erg idioot de hele tijd. Zijn jouw vader en moeder normaal?'

Wat een vraag. Of zijn ouders normaal waren? Sem wist het niet.

'Mijn vader is ook zielig,' zei hij toen maar. 'Want ze zijn gescheiden en hij woont alleen en hij kan niet koken.'

'Mijn ouders zijn ook gescheiden. Mijn moeder heeft een vriend en daar is ze nu mee naar Frankrijk. Nu woon ik hier met mijn vader tot mijn moeder terug is en dan ga ik om de beurt bij hem en bij haar wonen.' Ze knikte. 'Zo is het gewoon.'

'Mijn vader heeft een tijdje een vrouw met rood haar gehad, maar het is nu uit, geloof ik. Hij vertelt er nooit meer iets over.'

'Ga jij later trouwen?' Ze keek hem serieus aan.

'Ikke niet,' zei Sem snel. 'Jij?'

'Ik wel, maar ik weet nog niet met wie.'

'Nee, natuurlijk niet.'

Ze zwegen weer even. Er kwamen een paar jongens aan lopen. Ze hadden een bal bij zich.

'Wil jij later trouwen met een vrouw met blond haar? Mijn moeder zegt dat mannen een vrouw willen met blond haar.'

'Weet ik veel,' zei Sem. 'Je kunt het toch ook verven?'

Lila keek naar de jongens verderop. 'Moet je niet gaan voetballen?'

Sem keek naar haar gezicht. Ze keek een beetje verdrietig. Zou ze daarom altijd op straat zijn?

Hij stond op en rende naar de jongens toe.

Angela

'Ik wil even ergens met je over praten.'

'O jee.' Sem trok een gek gezicht.

'Wat is er?'

'Als jij ergens met me over wil praten, dan is er iets niet leuks aan de hand.'

'Het kan heel leuk zijn.'

'De vorige keer vertelde je dat jij en papa gingen scheiden. Niet zo leuk dus.'

'Luister nou even.'

'Ik luister toch.'

Zijn moeder kwam op zijn bed zitten. Ze zei nog even niks. Sjongejonge, dit moest heel wat zijn. Als ze nou maar niet gingen verhuizen of zo. O shit!

'Gaan we verhuizen, mam?'

'Nee, we gaan niet verhuizen.'

'O. Oké. Dan is het goed.'

'Er komt iemand bij ons wonen. Voor een tijdje. Om te proberen. Tenminste, als jij dat goed vindt.'

Hè?

Wat?

Het duurde even voordat Sem het begreep.

'Iemand anders dan papa?'

'Ja natuurlijk, lieverd. Papa en ik zijn toch gescheiden?'

'Heb je een nieuwe vriend of zo? Hoe kan dat nou, daar weet ik niks van.'

'Ik heb geen nieuwe vriend.'

Het werd steeds idioter. Sem kon niet bedenken over wie dit ging.

'Het is Angela. Als jij het goed vindt, komt Angela bij ons wonen. Voor een tijdje. Om te kijken hoe dat gaat.'

Sem staarde naar het plafond. Daar zag hij een bruine vlek die op een hondje leek. Links zijn kop, dan een beetje een te klein lijf en een klein staartje aan de achterkant. Hij kon gewoon even niet denken. Angela kwam een tijdje bij hen wonen. Met die grote bos zwarte haren.

'Maar nogmaals, ik heb gezegd dat we het alleen doen als jij het goed vindt. Wij wonen hier samen en jij hebt net zo veel stemrecht als ik. Eerlijk is eerlijk.'

Weer een stilte.

'Wat denk je?'

Sem haalde zijn schouders op.

'Ze is echt heel aardig. En dan kunnen we samen voor je koken. En de taken een beetje verdelen. Dan heb je twee vrouwen om voor je te zorgen.'

Stilte.

'Sem?'

'Hoef ik dan nooit meer mijn kamer op te ruimen? Of af te ruimen? Of de tafel te dekken?'

Iets anders wist hij even niet te vragen.

'Dat zullen we wel zien. Dat gaan we allemaal bespreken.' Zijn moeder stond op, gaf hem een kus, knipte zijn bedlampje uit en liep naar de deur.

'Maar mam?'

'Ja?'

'Waar gaat ze dan eigenlijk slapen? In welke kamer?'

Hij zag zijn moeders silhouet, met achter haar een streep geel licht. Het licht op de gang. Even stond ze daar als een beeld, als een uit zwart karton geknipte figuur.

'Mam?'

'Op mijn kamer. Bij mij. Ze komt bij mij liggen.'

Probleem

Natuurlijk, hij had er wel eens van gehoord. Hij had een meester gehad met een vriend. Daar hadden ze op school wel eens over gepraat. Dat dat eigenlijk heel gewoon was.

Waarom grote mensen er dan zo moeilijk over praatten, begreep Sem niet. Als ze het zo normaal vonden? Maar goed, hij wist dus heus wel dat homo's bestonden. En dat was ook wel eens met vrouwen. Die konden ook homo's zijn. Lesbisch heette dat.

Tuurlijk. Best. Helemaal goed. Ga je gang maar.

Maar mama? Die was toch met papa? En nu opeens zomaar met Angela.

Getver.

Nu hij er zo over nadacht, begreep hij opeens een paar dingen. Waarom ze vaak opeens stopten met praten als hij binnenkwam. En waarom zij en Angela zo opgewonden waren toen ze samen een paar dagen naar Londen gingen. Waren ze toen al verliefd op elkaar? Dat zou best wel eens kunnen.

Wat vuil, zeg. Daar had zijn moeder niks over gezegd.

En zijn moeder was ook verliefd geweest op zijn vader, dus ze kon helemaal niet lesbisch zijn!

Dus Angela was het wel en die had nu zijn moeder aangestoken. Dat was niet zo best. Daar was hij het helemaal niet mee eens. Hij mocht toch mee beslissen of Angela bij hen mocht komen wonen? Nou, nee dus. Beter van niet.

Blijkbaar was dat homogedoe hartstikke besmettelijk. Straks werd hij het zelf ook nog.

Het leek Sem niks om twee vaders of twee moeders te hebben. Een jongen op school had twee vaders en nu zei iedereen dat hij zelf ook homo was. Hij werd er best vaak mee gepest. Alsof dat zo leuk was!

Sem wilde zijn bed uit stappen en naar beneden gaan.

Hij wilde zijn moeder zeggen dat hij er nu anders over dacht. Angela moest maar in haar eigen huis blijven wonen.

Maar iets hield hem tegen. Het was namelijk wel zo dat zijn moeder veel vrolijker was geworden sinds ze Angela kende. Daarvoor, de eerste tijd na de scheiding, was ze humeurig, ongeduldig en streng geweest. En dat was opeens over toen die bos met zwarte haren regelmatig over de vloer kwam. Zijn moeder werd er dus wel gelukkiger van. Moest hij dan zeggen dat het niet mocht? Shit, wat een probleem.

Lila ziet het wel zitten

'Dus je krijgt twee moeders? Getver.'

Sem knikte. Op het pleintje werd gevoetbald, maar hij bleef toch bij Lila. Uit medelijden? Misschien, maar misschien ook niet. Hij had geen zin om achter een bal aan te rennen. Dat ook.

'Aan de andere kant,' vervolgde ze, 'is het natuurlijk ook wel handig. Ik bedoel, als de vrouwen nou met de vrouwen gaan samenwonen en de mannen met de mannen, dan gaat alles vast veel beter. Is er minder ruzie en zo.'

Sem wist niet zeker of dat waar was. Zou er geen ruzie zijn in een huis vol mannen? Of in een huis vol vrouwen?

'Een vrouwenhuis,' ging Lila verder, 'is altijd schoon en opgeruimd. Het stinkt er niet. Er wordt elke dag lekker gekookt. En gezellig theegedronken en zo. Terwijl het bij de mannen een rotzooitje is en er overal lege blikjes liggen en de hele ijskast volgepropt zit met van die kant-en-klaarmaaltijden van de supermarkt. Maar dat is niet erg, want dat vinden de mannen fijn. Die eten lekker bij de televisie. Dat vinden ze gezellig. Toch?'

Sem knikte. Dat was wel waar ja. Bij de tv eten vond hij ook erg gezellig. Waarom moest je altijd praten?

'Maar is je moeder nou dus lesbisch?'

'Ik weet het niet. Vroeger niet.'

'Nee logisch, anders was jij er niet geweest.'

Daar moest Sem even over nadenken. Hij was geboren

omdat zijn moeder met zijn vader had gevreeën. Zou ze nu dan met Angela…?

Sem probeerde te bedenken hoe dat eruitzag. Dat lukte niet. Dat kon toch ook helemaal niet? Hij wist best hoe dat ging, vrijen en zo, en als je twee vrouwen had, dan paste dat helemaal niet.

Verderop werd een mooie goal gemaakt. Hoog in de kruising. De jongens brulden en juichten.

'Misschien is ze lesbisch geworden omdat ze ruzie heeft met je vader?'

'Dat zou best kunnen, ja.'

Lila lachte even. 'Dus mijn moeder heeft een vriend en jouw moeder heeft een vriendin. Terwijl ik een meisje ben en jij een jongen.'

Sem keek haar verbaasd aan. Wat bedoelde ze? Wat had dat er nou mee te maken?

Angela wil praten

'Misschien moeten we even praten samen.' Angela keek hem aan met een grote glimlach.

Ik trap er niet in, dacht Sem. Dit ken ik. Zo zijn vrouwen en meisjes. Ze kijken je heel lief aan, maar ondertussen.

Hij haalde zijn schouders op en keek naar buiten. Nu was er geen zon en leken de ruiten een stuk schoner. Als het nou altijd donker zou zijn op aarde, dan hoefde je nooit je ramen te lappen.

'Ik kan me voorstellen dat het moeilijk is.' Angela veegde een zwarte lok haar uit haar ogen. 'Ik ben een vreemde voor je. Misschien denk je wel dat ik je moeder wil inpikken. Maar dat wil ik niet. Echt niet. Ik bedoel, als ik hier kom wonen dan is ze juist meer thuis en meer bij jou. Dan zijn we met zijn drieën. En ik kan best gezellig zijn. Ik kijk ook naar voetbal en zo.'

Sem keek haar niet aan. Hij bleef uit het raam staren. Alsof hij daar iets belangrijks zag. Eigenlijk was dit heel vreemd: een volwassen vrouw smeekte hem of hij haar alsjeblieft aardig wou vinden.

'En misschien vind je het gek dat ik een vrouw ben. Dat je moeder met een vrouw gaat. Logisch dat je dat gek vindt. Of dat je daar moeite mee hebt.'

Nu knikte Sem. Ja, hij vond het gek. Idioot zelfs. Belachelijk.

'Gaan jullie dan ook vrijen?'

Shit hé, waarom vroeg hij dat nou? Te laat.

'Ehh…ja. We vrijen ook.'

'Dat hebben jullie al gedaan?'

'Ja.'

'Vaak?'

'Best vaak, ja.'

'Hoe gaat dat dan? Dat kan toch helemaal niet?'

'We kunnen toch kussen en zo. En strelen. Dat soort dingen.'

'Ja ja. Maar daar komt geen baby van.'

'Nee, daar komt geen baby van. Dat is zeker. Maar misschien willen we ook geen kinderen. We hebben jou toch al?'

We?

'We', dat was zijn moeder en hij. En nu was 'we' opeens die twee samen.

En hij dan?

Even bleef het stil. In de keuken hoorde hij iets vallen. Zijn moeder was zeker zenuwachtig, omdat hij nu met Angela zat te praten.

'Ik hou veel van je moeder, echt waar, en ik ben heel graag bij haar en zij is ook graag bij mij. We maken elkaar gelukkig.'

Ja, dat was het grote probleem. Dat wist Sem heel goed. Anders had hij haar zo de straat op geschopt. Wegwezen met die bos zwart haar! Maar zo simpel was het dus niet.

'Vind je het goed, Sem?'

Nu moest hij iets zeggen. NEE, schreeuwde een stemmetje in hem.

'Nou oké,' zei hij naar de grond kijkend.

'Dankjewel.' Angela boog zich naar voren en kuste hem.

Sem rook haar parfum. Zoetig was het. Waarom had ze dat op? Voor hem? Wilde ze hem betoveren of zo? Hoe heette dat ook alweer? O ja, bedwelmen. Angela was een vrouw voor wie je op moest passen. Dat was duidelijk.

'Eén ding.' Hij zei het hard, stevig, als een echte man.

'Zeg het maar?'

'Ik wil liever niet dat ze het op school weten. Ik wil liever dat het geheim blijft dat je hier woont. Ik wil niet gepest worden omdat ik twee moeders heb. Dat kan ik er nu echt niet bij hebben.'

Angela keek hem aan.

Ze had een rare blik in haar ogen.

Zie je wel, hij moest oppassen voor die vrouw.

Stilte in huis

Die avond waren ze met zijn drieën. Of met zijn vieren eigenlijk, want Appeltje was er natuurlijk ook. Hij speelde op de houten vloer van de achterkamer. Sem keek naar hem. De poes tikte met een poot tegen een knikker die daar lag, keek er verbaasd naar dat die wegrolde, wachtte even, maakte toen een klein sprongetje en huppelde erachteraan.

Sems moeder en haar nieuwe vriendin zaten op de bank. Ze keken televisie en soms zaten ze even zacht te praten. Dat was dan duidelijk iets wat hij niet mocht horen, want als hij naar ze keek dan hielden ze op.

Mooie boel. Wat zou er nou weer zijn? Hadden ze misschien liever gehad dat hij niet in de kamer was? Of helemaal niet in huis? Of helemaal niet op aarde?

'Misschien moest je zo maar eens naar bed gaan, Sem.'

Zie je wel.

'Misschien. En misschien ook niet.'

'Gaan we brutaal doen?'

'Ik wel. Jij?'

Angela schoot in de lach.

Ja ja.

'Kom.'

Sem ging met zijn moeder naar boven.

'Hoef ik niet te douchen? Ik ben helemaal niet vies.'

'Even je handen wassen dan. En je gezicht.'

Toen hij even later in de badkamer zijn tanden stond te poetsen, deed zijn moeder de deksel van de wc naar beneden en ging erop zitten.

'Luister eens even naar me.'

Sem poetste door.

'Ik hoorde van Angela dat je liever niet wil dat de kinderen op school weten dat zij hier een tijdje woont. En dat begrijp ik best. Dat je je daarvoor schaamt.' Ze zweeg even.

Wat zag ze er moe uit, zag hij in de spiegel. Soms zag ze er zo verschrikkelijk moe uit en dan soms opeens ook weer niet. Zijn vader had dat niet. Die zag er altijd hetzelfde uit.

Sem spoelde zijn tandenborstel af, nam een slok water uit de beker, spoelde ermee en spuugde het uit.

'Maar fijn is het niet. Dat we het gevoel hebben dat we in het geheim samen moeten leven. Angela vindt dat heel erg. Het doet haar verdriet. En voor jou is het ook niet fijn.'

'Oké mam. Best. Dan vertellen we het wel. Kan mij het schelen.' Sem wilde weglopen. Hij wou naar bed. Hij had er geen zin meer in.

'Nee nee, wacht even. Dat zeg ik helemaal niet. Ik wil je alleen uitleggen dat het nooit leuk is als je iets wat je voelt moet verbergen. Snap je dat?'

'Best. Ik laat een T-shirt maken met daarop: IK HEB TWEE MOEDERS. NOU ÈN? Oké?'

'Nee. Dat wil ik niet. Helemaal niet zelfs. Dat wil ik je nou juist proberen uit te leggen. Want we zaten er net over te praten en het is volgens mij misschien inderdaad beter als je het niet aan andere mensen vertelt.'

'Hè? O. Waarom niet?'

Zijn moeder zweeg even en wreef over haar gezicht. 'Het gaat eigenlijk om je vader,' zei ze toen. 'Het is beter als hij het niet weet.'

'Waarom is dat?'

Zijn moeder zuchtte. 'Vanwege je vader. We hebben elkaar al genoeg gekwetst. Ik heb liever dat hij het niet weet.'

Sem zweeg en keek haar aan. Hij probeerde te begrijpen wat ze zei.

Maakt ze zich nu ineens weer zorgen om papa? Wat zijn ouders toch rare mensen.

'Dus daarom is het misschien inderdaad beter om tegen niemand iets te zeggen. Dat het gewoon ons geheim is. Dan heb jij geen problemen op school en dan heb ik geen problemen met je vader. Snap je?'

Sem knikte.

Vrouwen op de bank

Sem wist niet of hij nou al had geslapen of niet. Hoe laat was het? Hij kwam een stukje overeind en keek op de wekker. Half twaalf 's nachts. Ja dus. Hij moest al een hele tijd geslapen hebben.

Piesen.

Hij stapte zijn bed uit en liep de gang op. Beneden waren ze nog wakker. Hij hoorde muziek.

Slaapdronken waggelde hij de badkamer binnen, deed de bril van de wc omhoog en plaste. Hè, dat was lekker.

Toen hij terugliep hoorde hij een geluidje van beneden. Wat was dat? Zaten ze te lachen? Het klonk anders. Ze zouden toch niet aan het huilen zijn of zo?

Zou Angela het nog steeds zo erg vinden om het geheim te houden?

Of dachten ze dat hij bij zijn vader wilde gaan wonen? Dat zou hij echt niet doen. Of toch? Sem stond even stil en dacht erover na. In een mannenhuis wonen. Elke dag bij de televisie eten. Ja, dat leek hem inderdaad wel vet.

Weer klonk er een geluidje. Een zucht, een snik, zoiets. Shit ja, ze zaten te huilen daar. Wat zielig.

Op zijn tenen liep hij de trap af, echt heel zacht, zoals hij dat zo goed kon. Ergens halverwege zat een kraak, maar als je dan niet in het midden van de tree stapte, maar aan de zijkant, dan hoorde je er bijna niks van. Later zou hij geheim agent kunnen worden.

Toen hij in de gang beneden stond, klonken de geluiden wat harder. Hij stond stil, luisterde en opeens wist hij het.

O nee, hè? Ze zouden toch niet…? O nee.

Gèèètver!

Sem wilde zich omdraaien om snel weer naar boven te gaan, maar iets hield hem tegen. Zijn benen deden niet wat hij wou. Wilde hij weten wat er daar precies gebeurde? Het zou kunnen. De deur naar de kamer stond een heel klein stukje open. Vier passen van hem verwijderd. Zou hij het doen? Zou hij het durven? Wou hij het eigenlijk wel?

Een harde zucht klonk.

Voetje voor voetje schuifelde hij vooruit. Heel even dan. Heel even naar binnen kijken. Een seconde. Meer niet. Hij ging nu centimeter voor centimeter.

Shit! Iets bij zijn been!

O natuurlijk. Appeltje.

Hij duwde zijn kopje tegen Sems schenen aan.

Sem legde zijn vinger tegen zijn lippen en siste zacht. 'Ssst.'

Idioot natuurlijk. Alsof een poes dat begrijpt.

Nu was hij vlak bij de deur. Hij boog zich iets voorover en keek naar binnen. Hij zag op de bank iets bewegen. Hij zag het zwarte haar van Angela en hij zag twee blote benen.

En wat was dat? O jee, dat waren billen. Blote billen. Hoe zat dat nou allemaal? Welk been was nou van wie, van wie was welke arm en van wie waren die billen?

Op dat moment glipte Appeltje door het kiertje naar

binnen, waarbij hij de deur iets verder openduwde.

Sem schoot snel terug. Binnen hoorde hij zijn moeder.

'Het is de poes. Het is de poes.'

Dus ze kon nog wel praten. Dat wel.

Sem hoorde dat er in de kamer iemand opstond. Hij schoot terug naar de trap.

Zachtjes, zachtjes. Met vier grote stappen deed hij acht treden en toen drukte hij zich tegen de muur in het donker.

Daar stond hij even, maar beneden gebeurde er niets. Er kwam niemand de gang in. Ze hadden hem duidelijk niet gezien of gehoord.

Zeker drie of vier minuten stond hij daar, toen sloop hij verder naar boven. Hij had eigenlijk niks gezien, maar toch was het genoeg.

Idioot toch, je eigen moeder die op de bank ligt te vrijen met een andere vrouw.

Waarom deden mensen dat eigenlijk? Wat was daar de lol van?

De heks

De volgende ochtend werd Sem boos wakker. In een droom had hij gezien dat Angela mensen vergiftigde. Ze was een soort heks met zwarte haren die iedereen probeerde te betoveren en te bedwelmen.

Het was volkomen duidelijk: hij moest zorgen dat die vrouw niet voor altijd bij hen kwam wonen. Zijn moeder leek nu dan misschien gelukkig, maar dat waren allemaal trucs. Straks zou ze vergiftigd worden.

Geloofde hij dat echt? Heksen bestonden toch niet? Dat was iets uit sprookjes voor kleine kinderen.

'Goeiemorgen.'

'Goeiemorgen.'

Hij zou ervoor zorgen dat ze niet merkten dat hij boos was. Dan kon hij rustig bedenken wat hij ging doen.

'Wat is er met jou? Je kijkt zo boos.'

Shit. Zijn moeder zag ook alles.

'Ik heb gewoon niet zo goed geslapen.'

Dat zei zijn vader ook altijd. Altijd goed.

De heks zat achter een kopje thee. Haar ochtendjas viel een beetje open.

Sem kon zo de bovenkant van haar borsten zien. Dit was vast een van haar trucs. Hij probeerde niet te kijken.

'Wil je een eitje?' Zijn moeder had zich tenminste netjes aangekleed.

Sem schudde zijn hoofd. 'Ik heb niet zo'n honger.'

'Wat is er? Ben je ziek aan het worden?'

'Ik zeg toch, ik heb gewoon niet zo goed geslapen.'

Hij zag dat de twee vrouwen een blik wisselden. Alweer. Zij hadden het de hele dag over van alles en nog wat, ook over hem, en hij werd er buiten gehouden. Misschien ging hij toch liever bij zijn vader wonen.

'Even over vanmiddag en vanavond,' zei zijn moeder. 'Je weet dat ik naar Haarlem moet en je gaat naar je vader, zoals afgesproken, maar hij wil je alweer om zeven uur terugbrengen. Dan ben ik nog lang niet thuis. Maar Angela is er wel. Zij maakt eten voor je. Oké?'

Sem keek naar zijn lege bord. Wat moest ie hier nou op zeggen? Nee? Kom maar eerder terug uit Haarlem? Dan had je maar geen kind moeten nemen? Het was geen eerlijke vraag van zijn moeder. Hij kon alleen maar antwoorden dat ie het best vond.

'Sem?'

'Ja, best.'

Weer werd er een blik gewisseld. Hij zag het uit zijn ooghoeken.

Zou zijn moeder meer van die heks houden dan van hem? Het zou heel goed kunnen. Je hoorde mensen er wel eens over praten, dat een moeder haar kinderen in de steek liet omdat ze op iemand anders verliefd was geworden. Als ze dat deed, dan hoefde hij haar nooit, nooit meer te zien!

'Waar is Appeltje?'

'In de kamer, geloof ik.'

Sem stond op en wilde gaan.

'Wacht even. We hebben het er nog over gehad, Angela

en ik. Over of je papa moest vertellen dat zij hier een tijdje woont. En we hebben besloten dat je dat maar wel moet doen.'

'Waarom nu wel, ik mocht het toch niet vertellen?'

'Het is niet fijn voor jou als je het geheim moet houden, op school niet en ook niet voor je vader. Hij komt er toch wel achter. Dan is het misschien beter als je het hem zelf vertelt.'

Sem reageerde een paar seconden niet. Hij stond stokstijf naast zijn stoel. Het duurde even tot hij begreep wat er gezegd was. Hij moest het gaan vertellen aan zijn vader? Wat zijn ouders toch stom!

En dan? Zou zijn vader dan willen dat Sem bij hem zou komen wonen?

Dan had de heks zijn moeder voor zich alleen! Dan had ze hem de deur uitgewerkt. Zo was het gewoon.

Sem keek even naar haar. De ochtendjas stond nog steeds open. Je kon alles zien. Bijna alles!

Lila's droom

'Mijn moeder is terug uit Frankrijk en ze gaat meteen weer ruziemaken met mijn vader.' Lila schopte naar een steentje, maar miste. 'Het gaat weer over mij. Het gaat altijd over mij. Waarom hebben ze me eigenlijk gemaakt? Ze hebben alleen maar last van me.'

Sem keek naar haar. Was ze nou boos of verdrietig?

'Waarom hebben onze ouders ons gemaakt?'

'Weet ik veel. Ze wilden gewoon seks of zo en toen kwamen wij.'

'Stelletje aso's. Het zijn toch aso's?'

'Tuurlijk. Maar dat wist ik al.' Sem wilde hetzelfde steentje wegschoppen, maar hij deed het toch maar niet. Stel je voor dat het hem juist heel erg goed lukte, dan was dat weer een beetje rot voor haar.

'Ik heb ze trouwens zien vrijen.'

Lila wilde net gaan zitten maar schoot weer omhoog. 'Echt waar? Je moeder en die vrouw?'

'Ze waren bezig op de bank. En ik kwam toevallig naar beneden.'

'Getver.'

'Ik kon niet alles zien. Een beetje benen en bloot vel en zo.'

'Getver.'

'Zij is trouwens een heks. Een echte.'

'Echt waar?'

'Ik weet het zeker.'

'Wat erg!'

'Ze wil mijn moeder inpikken.'

'Mijn moeder wordt ook ingepikt,' zei Lila. 'Door haar nieuwe vriend. Misschien moeten we maar weglopen. En op straat slapen en dan worden we helemaal vies en ziek. En dan kijken we niet goed uit en worden we aangereden door een auto. Maar het is niet erg. Want in die auto zit een heel rijke kerel die zelf geen kinderen heeft. En dan mogen we bij hem wonen en zijn we de rest van ons leven stinkend rijk.'

'Hé,' zei Sem, 'dat komt me bekend voor.'

'Ja man, dat gebeurt zo vaak.'

Lila ging zitten. Ze keek voor zich uit en knikte. 'Ze hebben alleen maar last van ons. Ze zouden blij zijn als we er niet meer waren.'

Sem zei niets.

Zou dat zo zijn? Nee. Dat kon hij zich niet voorstellen. Zijn moeder hield hartstikke veel van hem. Dat zei ze altijd. En ze kon absoluut niet liegen, dat wist hij.

'Ik denk dat het door de heks komt. En bij jou door die vriend van je moeder.'

'Je hebt gelijk. Die zouden we eigenlijk moeten vermoorden. Dan is alles weer goed.'

'Woonden we maar in Amerika,' zei Sem, 'dan konden we een geweer kopen en dan was het zo gebeurd.'

'Weet je wat we doen?' Lila sprong weer op en haar ogen schitterden. 'We gaan met zijn allen op vakantie naar Amerika en dan doen we heel aardig en als we daar dan zijn, dan kopen we een geweer en schieten we ze dood.'

'Maar jouw moeder en mijn moeder kennen elkaar helemaal niet.'

'Ze kunnen elkaar toch leren kennen? Dat kan toch?'

'Ja, dat kan.' Sem dacht erover na. Zouden ze dat serieus kunnen doen? En zou dan alles opgelost zijn? Zijn ouders gingen niet meer bij elkaar komen. Dat wist hij zeker. En zijn moeder was vast hartstikke verdrietig als Angela dood was. En als het dan ook nog zijn schuld was!

Wat zou ze dan eigenlijk doen? Wat voor straf zou hij dan krijgen? Niet alleen maar even een uurtje op zijn kamer zitten of zo. Zou hij dan strafregels moeten schrijven? Duizend keer: Ik mag Angela niet vermoorden. Ik mag Angela niet vermoorden. Ik mag Angela niet vermoorden. Ik mag Angela niet vermoorden.

Nee, het zou waarschijnlijk wel de kindergevangenis worden.

'Doen we het?' vroeg Lila.

'Ik weet het niet,' zei Sem. 'Ik wil er nog even over nadenken.'

Mama's vriend

'Wat zullen we gaan doen vanmiddag?'

'Zeg jij het maar, pap. Wil je naar de bios?'

'Draait er iets leuks?'

'Ik weet het niet. Is er niet een James Bond of zo? We moeten wel naar iets toe gaan wat we allebei leuk vinden. Zullen we zo even kijken wat er draait?'

'Goed idee, jongen.'

Ze zaten samen op een bankje in het park. Sem had een ijsje. Hij zag zijn vader er steeds begerig naar kijken.

Waarom nam ie eigenlijk zelf niet ook een ijsje? Hij had een hele portemonnee vol met geld!

'Likje, pap?'

'O ja, lekker.'

Met één lik hapte zijn vader bijna de helft van het ijsje naar binnen.

Sjongejonge. De klodders zaten op zijn kin.

'En hoe is het thuis?'

'Gaat wel.'

'Hoe is het met je moeder?'

'Gaat wel goed.'

'Dat geloof ik ook ja. Ik zag haar laatst lopen en ze zag er geweldig uit.'

'Kan wel, ja.'

'Heeft ze soms een vriend?'

Sem keek zijn vader aan. De ogen van zijn vader stonden bang.

'Zou je dat erg vinden?'

'Ze heeft dus iemand. Is het iemand die ik ken?'

'Pap, ze heeft geen vriend. Echt niet.'

'Echt niet?'

'Echt niet. Ik ben haar vriend. Ze heeft genoeg aan mij.'

Zijn vader lachte. Ook niet erg aardig, om daar zo om te lachen.

'Dus ze heeft geen vriend?'

'Neehee!'

Sem likte verder aan zijn ijsje. Hij had zich voorgenomen niks over Angela te vertellen. Zo gemakkelijk zou hij zich niet het huis uit laten zetten. Een geheim agent tegen een heks.

Wacht maar af!

'Lekker zeg, dat ijsje. Mag ik nog een likje?'

'Ja hoor, pap. Neem de rest maar. Zullen we vast naar de bioscoop lopen?'

Wie is hier nou eigenlijk de vader en wie de zoon, vroeg Sem zich af.

Nou ja, het maakte ook niet uit.

Maar eens kijken of er een leuke film draaide.

Lila moet huilen

'Vind jij meisjes stom?' vroeg ze.

Sem keek Lila aan. Wat was dit nou weer? Hij vond best vaak meisjes stom ja, maar dat kon hij nu toch niet zeggen? Linke soep dit.

'Eerlijk zeggen.'

Eerlijk zeggen? Nou oké dan.

Het begon al donker te worden op het pleintje.

'Of ik meisjes stom vind? Soms wel, ja.'

'Je hebt gelijk. Meisjes zijn soms ook stom. Nee, meisjes zijn vaak stom.' Lila snikte een beetje.

Sem zei niks. Oppassen nu, echt oppassen.

'Maar jongens ook. Jongens zijn ook vaak stom.'

'Tuurlijk,' zei hij snel. 'Jongens ook.'

'Ik heb van je gedroomd,' zei Lila. 'Het ging vanzelf. Ik heb van je gedroomd en het was een leuke droom. We hebben gekust en zo.'

'O,' zei Sem en hij voelde dat hij wit wegtrok.

'Maar ik heb erover nagedacht en het is helemaal niet erg.'

Het leek wel of ze een liedje zong.

'Nee?'

'Nee. Echt niet. Het is eigenlijk heel logisch.'

Hoog in de lucht trok een vliegtuig een witte streep. Daar gingen allemaal mensen op vakantie. Moeders, vaders, kinderen.

'Kijk,' zei Lila, 'ik heb het niet leuk thuis, met dat gedoe met mijn moeder en mijn vader en zo. En dan praat ik met jou en met jou heb ik het wel leuk en dan is het logisch dat ik in mijn droom aan jou ga denken, omdat ik het leuk met jou heb. Snap je?'

Sem knikte. Hij vond het allemaal best, zolang hij maar niet daar op het pleintje met haar hoefde te gaan kussen, terwijl de jongens verderop aan het voetballen waren. Die vonden het vast al gek dat hij steeds met Lila aan het praten was en zo.

'Dus ik ben wel verliefd op je. Maar dat komt dus door mijn ouders.'

'Ja ja.'

'En jij? Ben jij ook op mij?'

Sem dacht razendsnel na. Als hij nu ja zou zeggen, dan wou ze vast kussen en dat kon absoluut niet. Maar om nou keihard nee te zeggen?

'Mag ik daar nog even over nadenken?'

'Wil je erover nadenken?'

'Liever wel, ja. Ik weet het nog niet.'

'Hoe kan dat nou? Je bent verliefd of je bent het niet!'

Nu moest hij iets verzinnen. Ze keek zo gespannen. Hij moest iets slims zeggen. Nu!

'Weet je wat het is,' begon hij langzaam en hij keek naar de lucht om tijd te winnen.

'Wat dan?'

'Ik ben een beetje in de war door alles. Door mijn moeder en die heks en zo. Dus ik weet niet zo goed wat ik voel.'

Ja, dat klonk wel goed eigenlijk. Hij wist niet goed wat hij voelde. Leek net uit een film. En inderdaad, het werkte.

'O ja,' zei Lila. 'Dat begrijp ik wel. We moeten de dingen niet overhaasten.'

'Nee, we moeten de dingen niet overhaasten,' echode Sem en hij zag vanuit een ooghoek hoe bij de jongens verderop iemand met een omhaal een goal maakte.

Mooie bal zeg. Wauw.

Volgende keer deed hij weer mee.

Ruzie met Angela

'Mag ik voor de tv eten?' Sem aaide Appeltje.

Appeltje duwde met zijn voorpoten tegen zijn hand.

'Sorry. Nee.'

'Waarom niet? Bij mijn vader mag het altijd wel.'

'Je moeder heeft me gezegd dat ze wil dat we gewoon aan tafel eten.'

'Maar ik wil bij de tv.'

'Alsjeblieft. Doe nou niet zo moeilijk.'

'Ik wil niet met jou aan tafel zitten.'

Angela keek hem scherp aan. Sem zag iets glinsteren in haar ogen. Vuur, vergif, bliksem. In die blik kon je zien wie ze echt was: de heks. Ze deed haar best om het te verbergen maar als ze kwaad werd dan lukte dat niet. Dat had je wel vaker met vermomde monsters en misdadigers en zo.

'Ik wil gewoon bij de tv eten.'

'Sorry. Nee. Afspraak is afspraak.'

Stilte.

Hij zei niets meer en zij ook niet.

Ze liep naar de keuken en ging verder met koken terwijl hij verderging met Appeltje. Dit kon nog leuk worden. Hij ging absoluut niet met haar aan tafel zitten. No way!

Het was mooi weer buiten en de deur naar de achtertuin stond open.

'Kom Appel. Kom.'

Dat was nou weer jammer van een poes. Die kwam niet als je dat vroeg. Honden wel. Poezen deden altijd waar ze zelf zin in hadden en verder niks. Waren poezen zoals vrouwen en honden zoals mannen? Dat zei zijn vader.

'Kom, je gaat even mee naar buiten. Is goed voor je.' Sem pakte Appeltje op en droeg hem naar buiten.

Er stond een klein voetbalgoaltje in de tuin en aan de enige boom die er stond hing een oud basketbalbord met een kapot net eraan. Op het terras stonden wat bloempotten, waarvan er een paar gebroken waren. Tja, dat kwam van het voetballen. Hadden ze maar een grotere tuin moeten nemen!

'Zoek de muis, Appel, zoek de muis.'

De poes reageerde niet, maar rolde op zijn rug en klauwde in de lucht.

'Piep, piep, ik ben een muis.' Sem ging naast Appeltje zitten.

Geen reactie. Misschien waren poezen wel doof of zo, of hadden ze geen fantasie. Je kon toch doen alsof er een muis was? Honden konden heel goed doen alsof. Die renden zo achter een poes aan die er niet was.

'Kom je dan zo?'

Angela stond in de deuropening.

'Als ik voor de tv mag eten, anders kom ik niet.'

'Sem.'

'Jij bent mijn moeder niet en je bent mijn vader niet en als mijn moeder en vader er niet zijn dan ben ik zelf de baas over mezelf.' Hij keek haar niet aan en klauwde terug naar Appeltje.

'Als je niet aan tafel komt zitten, dan krijg je geen eten.'

'Best. Kan mij het schelen. Ik hoef jouw eten niet.'

Stilte.

Appeltje liep van hem weg. Hij hield niet van ruzie, zeker?

Sem tekende en wroette een beetje in het zand. Stond Angela er nou nog? Of was ze weer naar binnen gelopen?

'Lieve jongen, ik wil graag dat we vrienden zijn...'

Shit. Ze stond nu vlak achter hem.

'Maar ik ben bang dat je gewoon moet komen eten. Je bent tien jaar oud, je moeder is er niet, ze heeft mij gevraagd voor je te zorgen en ze heeft er uitdrukkelijk bij gezegd dat je niet voor de tv mag eten. Dus mag je niet voor de tv eten. En nu kom je binnen en gaan we aan tafel.'

Sem voelde hoe die heks zijn arm vastpakte en hem omhoog probeerde te trekken.

Oké. Nu was het oorlog!

Hij schoot overeind en rukte zich los. 'Blijf met je poten van me af!'

Hij deed twee stappen achteruit en graaide om zich heen. Daar had hij een bloempot te pakken. Een flink grote. Zou hij daarmee...?

'Ga naar je eigen huis, stom wijf! Rot op!' Hij zwaaide met de pot.

'En nou ga je te ver!' Angela deed twee stappen in zijn richting en probeerde hem vast te pakken. 'Kom hier.'

'Nee! Neeeeee!' gilde Sem en hij smeet met alle kracht die hij had de pot in de richting van Angela.

Het was mis, maar raak.

Het ding vloog door de lucht, langs Angela, maar tegen de ruit van de keukendeur die met een enorm gerinkel in honderd stukken op de tegels terechtkwam.

Sem zag hoe Appeltje opkeek, opsprong en met een enorme vaart de boom in schoot, langs het basketbalbord en zo naar boven.

Appel in de boom

'Je mag geen glas in de vuilniszak doen.'

'Wat moet ik er dan mee?'

'Weet ik veel. In de glasbak of zo.'

'Misschien moet jij het daar dan maar heen brengen.'

'Doe ik morgen wel. Met mijn moeder.'

Angela staarde hem even aan, legde toen het blik met de scherven erop neer en liep naar binnen.

Sem keek naar boven. Daar, hoog in de boom, zat Appeltje. Al een paar keer had het arme dier geprobeerd naar beneden te klimmen, maar elke keer was hij weer teruggekropen naar de dikke tak bovenin. En daar zat ie nu. Te wachten. Op wat?

Sem vroeg zich af wat hij kon doen. De brandweer bellen? Hij had wel eens gelezen dat die katten uit bomen haalden, maar hoe konden ze er hier bij, zo achter het huis?

'Wat doen we met die kat?' Angela had een kartonnen doos bij zich.

'Hij heet Appeltje.'

Angela zuchtte. 'Wat doen we met Appeltje?'

'Weet ik veel. Ik weet het niet.'

'Ik ook niet.' De scherven gingen in de doos. 'Zo goed?'

Sem antwoordde niet.

Waarom zou hij? Ze kon wel doen of het allemaal zijn schuld was, maar dat was het niet. Als zij niet verliefd was geworden op zijn moeder en gewoon thuis zou zijn gebleven, dan was het allemaal niet gebeurd. Toch?

'Ik klim wel naar 'm toe.' Angela zette de doos neer en trok haar trui uit. 'Ik zou het anders ook niet weten.'

Ze liep naar binnen en kwam even later terug met een stoel. Die zette ze onder de boom en ze stapte erop.

'Vooruit dan maar!'

Sem keek ernaar. Dat werd niks. Ze kwam die boom echt niet in! Waarom vloog ze niet op haar bezemsteel naar boven? Veel makkelijker. Toch?

'Stomme kat.' Angela greep een tak, sloeg haar benen om de boom heen en probeerde zich op te hijsen. 'Kom op!'

Sem haalde zijn schouders op. Dat ging niet lukken. Daar waren vrouwen niet sterk genoeg voor. Ze kwam de boom nooit in!

'Kom op! Het gaat me lukken!' Angela schreeuwde het bijna. Ze trok, vocht en klom.

Verrek. Sem zag dat ze één been omhoogtrok en het om de grote onderste tak heen sloeg. Even hing ze daar. Half ondersteboven.

'Eén, twee, drie!' Ze trok zich overeind en zat op de tak. Even keek ze naar beneden.

'Goed gedaan,' zei Sem. Hij moest wel. Eerlijk was eerlijk. Klimmen kon ze wel!

'Maar ik ben er nog niet. Hoe kom ik op die tak daar? Wacht even, als ik nou...'

Een paar minuten later was Angela bij Appeltje. Voorzichtig tilde ze het poesje op en zette het op haar schouder.

'Kom maar met mij mee. Beneden is het leuker.'

Het eerste stuk omlaag ging gemakkelijk. Toen ze weer op de onderste dikke tak zat, ging Sem op de stoel staan en kon hij Appeltje net aanpakken. Die sprong meteen uit zijn handen, op de stoel en op de grond. En weg was ie!

'Stank voor dank,' zei Angela. 'Zo zijn poezen.' Ze keek naar beneden. 'Maar wat nu?'

'Je moet gewoon springen.'

'Springen? Nee hoor.'

'Anders ga je eerst aan die tak hangen en dan laat je je vallen. Dan is het nog maar een klein stukje.'

Angela keek naar beneden en toen naar de takken om zich heen. 'Ik denk inderdaad dat er niet veel anders op zit. Maar hoe ga ik...?' Ze probeerde de ene houding na de andere, maar kon niet besluiten hoe ze zich het beste omlaag kon laten zakken.

'Hebben jullie geen ladder of zo?'

'Ik weet het niet. Ik geloof van niet.'

'Nou, kom maar op dan. Pas op, straks val ik nog boven op je.'

Sem deed een paar passen achteruit en keek toe hoe Angela, de zwarte heks die zijn moeder probeerde in te pikken, zich met een zwaai van de tak af liet glijden, maar zichzelf niet kon houden, omlaagviel en met een bons waar een kraak in zat op de grond onder de boom terechtkwam.

'Ooooo. Auwww!!!' kreunde ze. 'Shit, shit shit.'

In de taxi

'Dit is niet goed. Er is iets kapot in mijn schouder. Ik kan mijn arm bijna niet meer bewegen.'

Sem keek ernaar.

Misschien zou hij nu moeten denken: net goed, heb maar lekker pijn. Maar dat dacht hij niet. Waarom niet? Dit was toch eigenlijk helemaal goed? Misschien was haar arm wel gebroken en moest ze zes weken in het ziekenhuis blijven. O nee, wacht, dat was met een gebroken been, dán moest je in het ziekenhuis blijven. Een arm deden ze in het gips en dan mocht je meteen weer naar huis.

Wacht eens even, wacht eens even.

'Wil je een glaasje water voor me halen?'

Sem knikte en liep naar de keuken.

Wat als ze zich expres uit die boom had laten vallen? Met een gebroken arm kon je niet alleen wonen. Nu moest ze wel bij zijn moeder en hem blijven. Zou dat kunnen? Het zou kunnen. Zou ze zo slim zijn? Het kon best dat ze zo slim was.

Hij liet de kraan niet eerst even lopen, zoals hij altijd deed, om lekker koud water te hebben. Nee hoor, ze kreeg gewoon meteen het eerste halflauwe water. In een kopje ook nog. Hij liep terug.

Angela zat met tranen in haar ogen op de bank. 'Het doet verrekte veel pijn. Er is echt iets kapot.'

Sem zei niets. Hij zette het kopje water op het tafeltje voor haar en keek om zich heen. Waar was Appel nou weer? Ze hadden hem echt beter een hond kunnen geven. Die was er tenminste altijd en die klom ook niet in bomen.

'Ik denk dat ik maar beter even naar het ziekenhuis kan gaan. Om een foto te maken. Wil jij me de telefoon even geven?'

Sem keek om zich heen. Het ziekenhuis? En hij dan? 'Ga je mijn moeder bellen?'

Daar lag de telefoon.

'Dat heeft geen zin. Ze kan niks doen. We gaan wel met een taxi.'

We? Moest hij dan mee? 'Moet ik dan mee?'

'Je kunt hier toch niet alleen blijven? Je moeder komt pas laat thuis en ik weet niet hoelang het duurt in het ziekenhuis. Je zult echt even mee moeten.'

Sem gaf haar de telefoon.

Ze toetste een nummer in. 'Ga nou even niet moeilijk doen. Alsjeblieft.'

Een kwartier later ging de bel.

'Daar zal je 'm hebben. Grote god, ik zie er niet uit.' Angela kwam overeind en schoof voorzichtig de gang in.

Sem liep achter haar aan. Het moest maar.

'Zo vrouwtje, wat is er gebeurd?'

'Ik ben gevallen. Uit een boom. Ik moet even naar het ziekenhuis.'

'Ach gossie, kom maar.' De man hield het portier open en hielp Angela met instappen.

Sem kon haar bh zien. Zag die chauffeur dat ook? Vast wel. Daarom deed ie natuurlijk zo zijn best. Waarom wilden mannen toch altijd zo graag naar borsten kijken? Waar was dat voor?

'Gaat je zoon ook mee?'

'Het is mijn zoon niet, maar hij gaat wel mee.'

'Instappen dan maar. Kom jij anders maar voorin zitten, kerel.'

Sem deed het. Jammer hè, ouwe? Je was zeker liever alleen met dat vrouwtje op pad gegaan?

'Waren jullie bomen aan het klimmen?' Met flinke snelheid reed de Mercedes over de trambaan.

'De poes zat erin. En die heb ik eruit gehaald.'

'En toen ben je er zelf uit gevallen?'

'Het laatste stukje.'

De chauffeur toeterde en vloekte naar een auto die voor hem reed. 'Doorrijden mensen, kom op nou.'

Hij gaf flink gas en schoot erlangs. 'Waarom ben jij die boom niet in gegaan, jochie? Dat kun je toch niet aan een vrouw overlaten?'

'Het was te hoog voor 'm en bovendien was het mijn schuld dat die poes de boom in was gevlucht.'

Sem keek om.

Angela knipoogde naar hem.

Net op dat moment stuiterde de auto over een verkeersdrempel.

'Au,' kreunde ze en ze greep naar haar schouder.

'Zonde van zo'n mooie vrouw,' zei de chauffeur. 'Mooie vrouwen moeten niet in bomen klimmen, die moeten op de bank mooi zitten wezen.'

Sem keek naar de chauffeur.

Wat een dombo, zeg!

Tranen van de heks

Eerst moesten ze wachten in een wachtkamer, daarna moesten ze wachten in een behandelkamer. Toen kwam er heel even een dokter en die zei dat ze een foto gingen maken. Toen moesten ze weer wachten, daarna moesten ze naar een andere behandelkamer. Toen werd eindelijk de foto gemaakt en moesten ze weer wachten in de wachtkamer.

En steeds was Sem alleen met Angela, meestal in stilte.

Soms zeiden ze iets. Eerst was het alleen Angela die iets zei, tot de laatste wachtkamer, toen was het Sem:

'Doet het nog pijn?'

'Behoorlijk.'

'Wil je nog een glaasje water of zo? Moet ik iets voor je halen?'

Ze keken elkaar aan.

En opeens zag Sem dat de ogen van de heks zich met tranen vulden.

'Dat is lief van je, maar ik hoef niks. Blijf maar even bij me zitten, als je wilt.'

Sem wist niet waar hij kijken moest. Natuurlijk bleef hij bij haar zitten. Wat moest ie anders doen? Waarom huilde ze nou opeens?

'Waarom huil je nou opeens?' Hij vroeg het gewoon.

'Omdat dit de eerste keer was dat je iets liefs tegen me hebt gezegd. De allereerste keer. Sorry.'

Ze veegde met haar linkerhand haar tranen weg. 'Stom dit. Sorry.'

Er kwam een bed langs met daarop een oude vrouw. Ze sliep. Haar mond hing half open. Wat was het toch gek allemaal, dacht Sem. Je werd geboren en dan gebeurde er van alles en dan werd je oud en ging je dood. Niemand wist waar de mensen vandaan kwamen of waar ze naartoe gingen. Niet echt. Hoe kon het nou dat hij nu wel bestond en elf jaar geleden nog niet? En hoe kon het nou dat die oude vrouw daar er nu nog was en straks niet meer? Heel gek.

'Je mag best huilen, hoor. In een ziekenhuis is het niet

erg. Dan denkt iedereen dat je ontzettende pijn hebt en dat heb je ook.'

Angela knikte.

Was ze nou gaan huilen omdat hij iets aardigs had gezegd? Wie was hier nou eigenlijk het kind en wie de volwassene?

'Ik wil zo graag vrienden met je zijn, Sem. Echt waar. Maar ik weet niet hoe ik dat voor elkaar moet krijgen.'

'Dat weet ik ook niet. Sorry.'

Nu kwam er een jongen in een rolstoel langs. Zijn voet zat in het verband maar hij lachte. Hij vond het zeker leuk dat hij geblesseerd was? Hoefde hij vast niet naar school of zo?

'Angela van Vliet? Komt u maar even mee.'

Ze liepen door een gang achter een verpleegster aan en werden weer de eerste behandelkamer in gestuurd.

'De dokter komt zo bij u.'

Stilte. Bijna alles was wit in die kamer.

Waarom was eigenlijk alles in een ziekenhuis wit? Was wit schoner?

Angela keek naar hem. 'Ik weet niet hoe het is om kinderen te hebben en ik weet ook niet hoe ik met ze om moet gaan. En ik weet niet hoe het is om een man te hebben en ik weet ook niet hoe ik met mannen om moet gaan. En jij bent én een kind én een man. Dus jij bent wel ongeveer het moeilijkste voor me wat ik me maar kan bedenken.'

Sem schoot in de lach. Wel goed dat ze hem een man noemde. Dat was ie natuurlijk ook.

Op dat moment kwam de dokter binnen. Hij had een dossier bij zich met daarin de foto. 'Uw sleutelbeen is gebroken,' zei hij.

'Is dat erg?'

'Leuk is anders. Maar het gaat vanzelf over.'

Toen ze terugliepen naar de standplaats voor de taxi's had Angela haar arm in een mitella.

'Ik wil gewoon niet dat iemand mijn moeder van me afpakt,' zei Sem opeens.

Ze stonden stil en keken elkaar aan.

'Groot gelijk heb je. Daar zou ik ook voor vechten als ik jou was.'

De taxichauffeur van de terugrit zei niets. Het was een oudere rustige man die gewoon aan het rijden was en verder niets.

'Ik zal nooit, nooit, nooit je moeder van je afpakken, Sem,' zei Angela. 'Dat kan ook niet. Ze is jouw moeder en dat blijft ze.'

Totdat ze doodgaat, dacht Sem, totdat ze als een oude vrouw op een ziekenhuisbed met haar mond open doodgaat.

'Oké,' zei hij. 'Afgesproken.'

De chauffeur reageerde nog steeds niet. Hij zou het toch wel gehoord hebben? Hoe dan ook, hij zei niets.

Goeie chauffeur. Echt een professional.

Een kus van twee vrouwen

'Doet het pijn?'
'Het gaat nu wel.'
'Maar je was in de boom geklommen? Waarom? Wat moest je in die boom?'
'De poes zat erin. Hij durfde er niet uit.'
'Was Appel in de boom geklommen? Dat doet ie anders nooit.'
'Nu wel. Ik weet het ook niet.' Angela zweeg verder.
Sem keek naar haar. Ze zei dus niets over hun ruzie. Misschien was ze toch niet zo'n heks als hij dacht. Of misschien konden heksen ook gewoon best wel oké zijn. Dan was ze een witte heks. Die had je ook.
'En hoe is die ruit dan gebroken, Sem?'
Hij haalde zijn schouders op. 'Nou gewoon.'
'En jij bent mee geweest naar het ziekenhuis?'
'Dat kon toch niet anders? Ze kon toch niet alleen? Ze had hartstikke pijn!'
Zijn moeder glimlachte. 'Heel goed.'
'Hij heeft me fantastisch geholpen,' zei Angela. 'Hij was echt heel lief voor me. Maar ja, het is wel laat geworden. Het gaat allemaal erg langzaam in dat ziekenhuis.'
'Vreselijk, mam! We hebben wel tien uur in een wachtkamer gezeten.'
'Zo lang was het niet, maar het voelde wel zo.'
'Hoe moet je nou slapen met die mitella, Angela?' vroeg Sem.

Hij hoorde zichzelf voor het eerst haar naam zeggen. Het klonk een beetje gek, maar het kon wel. Angela. Alsof ze een vriendin was.

'Op mijn rug, denk ik. Ik zou het anders ook niet weten.'

'Is niet fijn. Ik wil altijd op mijn zij liggen.'

'Ik ook,' zei zijn moeder. 'Ik moet op mijn zij liggen. Wij zijn echte zijliggers. Over slapen gesproken. Hoe laat is het eigenlijk?'

Het was bijna elf uur.

'Je moet morgen maar lekker lang uitslapen, jongen. Het is al laat.'

'Mooi. Mag ik dan nu nog wat eten? Ik heb heel erge honger.'

'Ik ook,' zei Angela. 'We hebben helemaal niet gegeten!'

'Zal ik eieren bakken?'

'O yes! Ik wil er honderd.'

Even later zaten ze met zijn drieën aan de keukentafel gebakken eieren te eten, zoals Sem ze het lekkerste vond: witte boterham, boter, plakje ham, gebakken ei, plakje gesmolten kaas, kruiden en ketchup.

'Hier worden we wel vreselijk dik van.'

'Ik niet,' zei Sem. 'Ik ben nog in de groei. Mag ik er nog één?'

'Wel ja. Het maakt nou toch niet meer uit.'

Die avond ging hij om kwart over twaalf naar bed. Douchen hoefde niet, tandenpoetsen natuurlijk wel. Toen hij er eindelijk in lag, kwamen er twee vrouwen op de rand van zijn bed zitten.

'Ik ben zo blij, Sem,' zei zijn moeder.

Ze zei niet waarover of waarom maar hij begreep het wel. Hij was zelf ook blij.

De twee vrouwen zaten daar even in stilte. In het donker en dicht tegen elkaar aan. Daarna kusten ze hem, één voor één en daarna nog een keertje lacherig allebei tegelijk.

Mm.

Best fijn eigenlijk.

Lila in een droom

Die nacht zweefde Sem boven de wereld. Beneden was het warm, maar hoog in de lucht was het net lekker. Steeds vloog hij even een flink stuk omhoog om daarna een duikvlucht naar beneden te maken. Overal zag hij mensen in hun tuinen zitten. Ze hadden kaarsjes aan of tuinlampjes en zaten gezellig met een glaasje een beetje te babbelen met elkaar.

Soms zaten ze er met zijn tweeën en soms met meer dan twee. Vaak zag je een man met een vrouw.

Gek eigenlijk, dat mannen meestal met vrouwen samen gingen wonen. Was dat omdat het handig was voor het vrijen? Dat ze alvast bij elkaar waren voor als ze zin kregen of zo?

Bij de vierde duikvlucht scheerde hij over een tuin waar één heel klein lampje brandde waar een vrouw bij zat. Helemaal alleen was ze. Of was haar man of vriend even naar binnen? Even wat eten halen of zo?

Sem maakte een scherpe bocht naar links en vloog nog eens over die tuin, nu een stuk lager.

Het was geen vrouw die daar zat, zag hij, het was een meisje en hij kende haar: het was Lila. Wat deed die daar nou?

Toen hij vlak boven haar zweefde, keek ze op en het licht van het lampje vóór haar op tafel weerkaatste in haar ogen. Het waren dunne felgele bundels licht, net laserstralen. Het leken wel touwen die hem vastpakten en naar beneden trokken.

'Hallo Lila,' zei Sem en hij streek voorzichtig neer op het kleine gasveldje naast haar.

'Hallo Sem.'

'Woon je hier alleen?'

'Nee hoor.'

'Met wie woon je hier dan?'

'Met jou.'

'Met mij? Echt waar?'

'Echt waar.'

Sem keek om zich heen. Het was een leuk huisje waar hij met haar woonde, klein maar fris, keurig en mooi geschilderd.

'Wonen we hier met zijn tweeën?'

Lila knikte.

'Maar zijn we al groot dan en getrouwd en zo?'

'Dat niet, maar we zijn hier gewoon vast gaan wonen. Want anders had misschien iemand anders dit huisje ingepikt en wij wilden het zo graag.'

'O ja. Slim.'

Een zachte wind stak op en deed de blaadjes in de bomen ruisen. Het was net het geluid van een waterval.

'Ik ben ook verliefd op jou, Lila,' hoorde Sem zichzelf zeggen. En hij steeg weer langzaam op, steeds hoger en hoger, tot het leek alsof hij niet meer omhoogging maar juist aan het vallen was.

En toen werd hij wakker en moest hij vreselijk plassen. Het was koud in huis, kil. En donker.

Niet echt kussen met Lila

'Mijn ouders gaan het weer proberen met elkaar. Want de vriend van mijn moeder heeft zijn been gebroken.'

'O,' zei Sem. 'Loopt ie in het gips?'

'Hij ligt in het ziekenhuis. En hij weet het nog niet. Dat mijn moeder het uit gaat maken. Maar ze gaat het wel doen.'

'En gaan jullie dan weer bij elkaar wonen?'

'Ze gaan het proberen. Zeggen ze. Ik vraag me af of het lukt, maar goed.'

Even bleef het stil.

Sem dacht erover na.

'Maar ik blijf hier wel wonen,' zei Lila, alsof ze wist wat hij dacht. 'Want ons oude huis is verkocht.'

'O. Oké.'

Er werd weer flink gevoetbald op het pleintje. Sem keek ernaar. Hij had zin om een goal te maken.

'Ik ben nu vrienden met Angela,' zei hij. 'Want ze heeft m'n poes gered uit de boom. Daarna is ze eruit gevallen. Ik was gisteravond ook in het ziekenhuis. Maar ik heb die vriend van je moeder niet gezien.'

'Nee logisch, je kent 'm helemaal niet.'

'Er was wel een jongen met zijn voet in het verband, maar die was te jong om de vriend van je moeder te zijn. Of heeft ze een heel jonge vriend?'

'Nee, best wel oud.'

'Dan was het 'm niet.'

'Nee.'

Sem keek naar Lila.

Haar ogen straalden weer, net als in zijn droom van-nacht. Zou hij erover vertellen?

Nee. Beter van niet.

Straks ging ze nog denken dat hij met haar wilde trou-wen en dan zat hij eraan vast.

'Ik ga het nu ook op school vertellen van Angela en mijn moeder, want iedereen mag het nu wel weten.'

'Dat vind ik heel goed van je, heel dapper.'

'Dank je.'

'Graag gedaan.'

'Ik zou je wel willen kussen, Sem,' zei Lila, alsof ze weer zijn gedachten raadde. 'Maar dat kan niet hè, met die jongens daar?'

'Nee sorry. Dat kan echt niet.'

'Misschien kunnen we het een andere keer doen. We blijven toch wel vrienden?'

'Tuurlijk.'

Papa heeft geen praatjes

'Ik heb het op school ook verteld. Dat ik nu twee moeders heb. Een paar kinderen moesten wel lachen, maar dat duurde maar heel kort. Nu zeggen ze er niks meer over.'

Zijn vader knikte. 'Ja ja.'

'Maar je moet niet naar een rechtszaak gaan of zo, want ik wil gewoon bij ze blijven wonen. Twee moeders is best vet en Angela maakt mama hartstikke gelukkig. En als ze hartstikke gelukkig is, dan is ze heel vrolijk en als ze heel vrolijk is, dan maakt ze altijd heel lekker eten en als ik heel lekker eten krijg, dan word ik ook heel erg vrolijk. En dat is voor jou ook fijn, want dan heb je een vrolijke zoon.'

Het bleef even stil. Zijn vader staarde hem aan. Met grote verbaasde ogen.

'En hoe is het met jou, pap?'

'Ja, gaat wel. Gaat wel.'

Zijn vader keek wat verward om zich heen. Alsof hij iets zocht.

'Ik heb een wasmachine gekocht. Een heel mooie, die van alles kan, maar ik begrijp niet hoe die werkt.'

'Ik zal mama wel even vragen of ze een keertje langskomt.'

'Graag. O ja, alsjeblieft. Wil jij het vragen?'

'Tuurlijk. Mag ik nog wat patat?'

'Tuurlijk, tuurlijk.'

Ze zaten met zijn tweeën voor de tv. Met biefstukken, patat en sla.

'Er komt straks een oorlogsfilm.'
'Met actie of met praten?'
'Met best veel actie, geloof ik. Wil je ook nog mayo?'
'Graag.'
Even zaten ze zwijgend tv te kijken en te eten. Er waren grappige filmpjes van mensen die op hun bek of in het water vielen. Of die gebeten werden door hun schildpad.
'Sem?'
'Ja pap.'
'Je wilt toch ook nog wel bij mij komen?'
'Tuurlijk.'

'Gelukkig. Anders heb ik helemaal niemand meer.'

'Je bent toch mijn vader?'

'Ik ben je vader. Je hebt maar één vader en dat ben ik.'

'Klopt.'

Ze aten verder. Nu kwam er een blokje met filmpjes van achtervolgingen van de politie. Met veel auto's over de kop en zo. Best vet.

'Maak je geen zorgen, pap. Die vrouwen willen nooit met biefstukken en patat voor de tv zitten en dan dit soort programma's kijken. Dat willen ze gewoon niet.'

'Nee hè? Waarom eigenlijk niet?'

'Geen idee.'

'Ik weet het ook niet.'

Een raceauto sloeg vier keer over de kop en vloog in brand. Daarna probeerde een motorrijder over dertig auto's heen te springen, maar hij haalde het net niet en kwam voorover met zijn helm op de laatste auto terecht. Krak, klonk er, maar dat hadden ze er duidelijk onder gezet. Dat was niet echt.

'Ik heb ijs toe.'

'Lekker.'

'Wil je al?'

'Best wel.'

Zijn vader stond op en liep richting de keuken.

'Hé pap?'

'Wat?'

'Waarom neem je geen hond? Dat is leuk, dan heb je een beetje gezelschap. En dan kom ik wel wat vaker om je te helpen met uitlaten en zo. Ja, een hondje!'

Toch een kus

Het was eigenlijk niet eens iets bijzonders. Het gebeurde gewoon. Een paar dagen later.

Lila en Sem waren elkaar op straat tegengekomen. Hij kwam haar altijd tegen. Altijd. En ze hadden even gepraat met elkaar en ze waren even op een stoepje gaan zitten. En toen er niemand langskwam hadden ze elkaar gekust.

Gewoon even. Op de mond.

Maar met de mond dicht.

Dat wel.

En ze hadden helemaal niks gezegd, of nou ja, ze hadden wel dingen gezegd, maar niet over die kus. Daar hebben ze het gewoon niet over gehad.

Is ook mooier eigenlijk, bedacht Sem later. Over kussen moet je niet gaan zitten praten. Daar heb je niks aan.

Het geheim van Haye van der Heyden

Echt een geheim is het natuurlijk niet, maar ik ben zelf eigenlijk opgevoed door drie moeders. Erg hè? Zielig toch? ;-)

Nou ja, het was eigenlijk maar één moeder en twee oudere zussen, maar die twee waren veel ouder dan ik, dus ze waren behoorlijk de baas over me.

En dat gaat je niet in de kouwe kleren zitten, kan ik je zeggen!

Mijn ene zus had bijvoorbeeld een tennisracket zonder snaren erin en als ik haar niet vóór liet gaan als we ergens naar binnen gingen, sloeg ze dat ding over mijn hoofd en trok ze me terug. Dan leer je het wel, hoor!

En ze prikte met een vork in mijn knie als ik mijn benen niet onder de tafel hield!

Er was geen vader toen ik opgroeide en dus wel drie vrouwen en dat heeft gevolgen! Daar word je toch een beetje anders dan anders van. Denk ik.

Want ik weet dat natuurlijk niet zeker. Ik weet niet hoe ik zou zijn geweest als ik wel een vader had gehad.

Misschien toch hetzelfde? Ik weet het niet. Dat soort dingen, daar kom je nooit achter.

Sommige mensen denken dat je opvoeding je maakt tot wie je bent, anderen denken dat je al bent wie je bent als je geboren wordt.

Ik denk dat het allebei behoorlijk belangrijk is. Lijkt me logisch. Toch?

Wieke van Oordt
Het geheim van de nachtmerrie

Nee! Sierd wil het niet geloven. Hoe kan het vandaag nou
woensdag zijn? Dat was het gisteren ook al! Sierd heeft deze
dag al meegemaakt. Maar niemand gelooft hem. En het wordt nog
erger. De volgende morgen is het dinsdag. Sierd durft bijna niet meer
te gaan slapen. Hoe lang gaat dit nog door? Toch niet tot... zaterdag?
Sierd moet iets doen om uit deze nachtmerrie te komen. Hij wil de
ergste dag van zijn leven niet nog een keer meemaken.

Martine Letterie
Het geheim van de roofridder

Else woont vlakbij het kasteel van de roofridder.
Nacht na nacht gaat de roofridder op pad om vee te stelen.
En elke keer hoopt Else dat de roofridder hun hut overslaat.
Maar ze deelt ook iets met de roofridder, al weet hij het zelf niet.
Else heeft een geheim. Een geheime route, die niemand kent.
Bijna niemand...
Als het leger komt om de roofridder uit zijn kasteel te verjagen,
weet Else dat dit nooit zal lukken zonder haar hulp.
Maar kan ze Johan van Wisch zomaar verraden?
En hoe moet het dan met haar eigen geheim?